LA LOI DU ROI BORIS

Ferventes pensées envers ce cher Perec,
Subtil barbichu, baron d'Oulipo, toujours parmi nous !

© Éditions Nathan (Paris, France), 2006
Conforme à la loi n° 49956 du 16 juillet 1949
sur les publications destinées à la jeunesse
ISBN : 978-2-09-250785-8

LA LOI
DU ROI BORIS

Gilles Barraqué
Illustrations de Catherine Meurisse

Nathan

Chapitre 1

La tête dans les mains, accoudé à son grand bureau, le roi Boris regarda par la fenêtre et soupira. Il avait à peine jeté un œil sur les papiers qui traitaient des affaires courantes du pays ; il s'était juste appliqué à les signer. Dessiner sa signature à l'encre et à la plume d'oie : c'était ce qu'il préférait faire dans son travail de roi ; le reste… Les mille et une décisions à prendre dans un royaume minuscule et sans histoires comme le Poldovo, ces mesures telles que le nettoyage d'un canal, l'arbitrage d'une dispute entre deux villages, l'entretien d'une forêt royale, tout cela le barbait. Et à quoi donc servait son gouvernement, après tout ? Il fallait bien que ces messieurs les ministres méritent leur rang et leur salaire !

Ses yeux quittèrent les formes curieuses d'un nuage pour les aiguilles de la pendulette ; non, impossible de sortir maintenant du bureau : le roi devait quand même donner aux gens du palais l'impression qu'il travaillait un peu… Et s'il rentrait déjà dans ses appartements pour jouer avec le prince, son cher petit Igor, la reine Gründal allait encore se moquer !

Alors, tout en se tripotant le nez – le fameux nez court et gros des Ouglouzof –, le roi observa de nouveau le nuage curieux et sa course de limace sur les carreaux de la fenêtre.

Bref : Sa Majesté s'embêtait.

Le nuage ayant fini par disparaître, le roi posa son regard droit devant lui, sur la haute bibliothèque. Là, dans les rayonnages de livres dorés, s'écrivait l'histoire de sa propre famille, et donc celle du royaume, puisque les Ouglouzof régnaient depuis toujours sur le Poldovo.

Ainsi, Boris III comptait machinalement les volumes de la première rangée, quand une idée lui vint. Il se leva d'un bond et courut à la bibliothèque. Il fallut au petit roi l'aide d'une chaise pour atteindre le livre désiré. Enfin, après avoir tiré avec peine l'énorme volume, Sa Majesté en vérifia le titre : c'était bien *Le Grand Livre de la guerre*.

Chapitre 2

Boris Ouglouzof travailla toute la matinée. Il regagna cependant ses appartements à l'heure du déjeuner, car il ne fallait pas exagérer. Le petit prince Igor s'accrocha tout de suite à ses jambes.

– Papa, on joue ? On joue, papa ?

Le roi l'embrassa tendrement.

– Hélas, je n'ai pas le temps, mon cher fils ! Papa a beaucoup de travail. Un travail très important. Je mange un morceau et je retourne dans mon bureau.

La reine Gründal était déjà passée à table – elle avait toujours faim. Aux derniers mots du roi, elle gloussa. Boris III fit comme s'il n'avait pas entendu. Il chassa de la main un laquais qui s'approchait en déployant une serviette. Sans prendre le temps de s'asseoir, il piocha une saucisse après l'autre dans le grand plat d'argent.

– Où est monsieur Moutrin ? demanda-t-il, la bouche pleine.

– Je suis là, sire.

Monsieur Moutrin émergea d'un coin de la pièce où il se faisait discret, ne sachant s'il devait s'attabler avec la reine ou grignoter debout avec le roi. Il partageait les repas de la famille royale au titre de professeur particulier du prince Igor ; une charge de précepteur tout à fait justifiée, car monsieur Moutrin était un savant homme : il avait écrit en latin un livre sur les choses de la nature.

– Monsieur Moutrin, dit Sa Majesté, il ne me sera pas possible aujourd'hui de m'occuper de l'éducation militaire d'Igor…

La reine gloussa encore ; l'éducation militaire se déroulait sur le tapis et consistait à jouer aux petits soldats.

– … aussi, poursuivait le roi, vous lui donnerez une de vos leçons. Que proposez-vous ?

– Un peu de calcul ne ferait pas de mal, sire.

– Nan, j'aime pas ça ! protesta le prince.

– Du calcul, soit, admit le roi. Mais pas trop long-temps, n'est-ce pas ? Faites-lui donc prendre aussi un peu d'exercice, qu'il profite de ce beau soleil !

– C'est exactement ce que je comptais faire, sire.

Le roi Boris enfourna une dernière saucisse, puis, d'un signe du doigt, ordonna qu'on lui remplisse un verre de vin.

– Moi aussi, je veux du vin ! réclama Igor.

Le roi sourit et lui en fit servir quelques gouttes. Il siffla d'un trait son propre verre, attrapa deux brioches dans la coupe des desserts et s'échappa de la pièce. Il trotta vers son bureau, grimaçant de souffrance en entendant au loin son cher fils qui l'appelait à grands cris.

Chapitre 3

Kléber de Mettemberg eut un geste d'aga-
cement.

– Qu'est-ce que c'est !?

On venait de toquer à la porte, ce qui avait
interrompu la discussion de travail que le Premier
ministre du royaume menait avec son ministre des
Finances.

– Le roi vous fait demander, Excellence ! fit son
secrétaire à travers la porte.

– Maintenant ? Tout de suite ?

– C'est le souhait de Sa Majesté, Excellence !

Les ministres échangèrent un regard navré.

– Sans doute une poignée de porte à remplacer ou un fauteuil à retapisser, grinça Kléber de Mettemberg.

Le ministre des Finances ricana. Le Premier ministre se leva à regret, dépliant son interminable et maigre carcasse comme toujours vêtue de noir, puis coiffa son béret à plumet pour la seule raison qu'il lui fallait un couvre-chef à ôter devant Sa Majesté.

Chapitre 4

Debout devant le bureau du roi, le béret à la
main, Kléber de Mettemberg lisait sans y croire le
feuillet que Sa Majesté avait noirci de son écriture
d'écolier. Boris III, lui, semblait détailler les moulures tarabiscotées du plafond. Au fond du fauteuil trop large pour lui, il prenait l'air lointain et
important qui, pensait-il, convenait à la situation.

– Sire, dit enfin le Premier ministre, sauf votre
respect, je pense que ce n'est pas raisonnable.

– Et pourquoi donc, s'il vous plaît, monsieur mon ministre ?

– Il en coûtera trop cher…

– Bah, nous lèverons un nouvel impôt !

– Je parlais surtout du coût en vies humaines, sire, du prix du sang ! Le sang de vos sujets, celui des sujets de monsieur votre cousin !

Le roi perdit en un instant son calme de façade ; il s'étrangla de colère :

– Fernand-Joseph est une canaille ! Il a gravement insulté le Poldovo ! C'est justement l'objet d'un de vos rapports de police dont j'ai pris connaissance ce matin même !

– Voyons, sire, une querelle stupide entre paysans…

– Une insulte, vous dis-je ! Un affront délibéré ! Imaginez que j'ai consulté *Le Grand Livre de la guerre* et que mes ancêtres ont déclaré la guerre aux ancêtres de Fernand-Joseph pour bien moins que ça !

Kléber de Mettemberg relut le feuillet. La déclaration de guerre du roi Boris à son cousin et

voisin le grand-duc Fernand-Joseph de Grönemburg
était ainsi formulée :

Mon cher cousin,

Vous avez, à ce qu'il semble, estimé que la paix avait assez duré entre nos deux pays. Quelle ne fut pas en effet ma stupeur de lire le rapport d'un chef de poste à notre frontière commune : rentrant de Zdon, notre capitale, vers son lopin du Grönemburg, un de vos paysans – ou soi-disant tel – a craché par trois fois sur la sainte terre du Poldovo – Dieu la bénisse –, au prétexte fumeux qu'on lui avait cherché querelle. Qu'il fût ou non un espion importe peu ; l'outrage a été commis. Aussi, nous, Boris III, héritier des Ouglouzof, garant de l'honneur du Poldovo et protecteur du peuple poldovar, en ce jour du seize octobre de l'an mil huit cent sept, nous vous en demandons évidamment réparation, et nous vous déclarons donc la guerre.

Pour se calmer, ou au moins se donner une contenance, Boris III avait pris sa plume d'oie et en taillait le bout avec le stylet d'or prévu à cet effet. Kléber de Mettemberg avait choisi de se taire. Il savait que le roi, petit coq capricieux, s'entêterait dans son idée simplement pour ne pas perdre la face ; le seul espoir était que le temps passe et qu'une autre lubie, moins ravageuse cette fois, lui traverse le crâne.

Le Premier ministre rompit le silence :

– Sire, j'en suis désolé, mais ça ne va pas…

Sa Majesté, toujours à sa plume, plissait les yeux en maniant délicatement le stylet.

– Je ne vous demande pas votre avis, monsieur mon ministre. Occupez-vous plutôt de préparer nos armées et de trouver l'argent nécessaire à la guerre.

– Ce que je voulais dire, Majesté, c'est qu'il vous faut recommencer votre déclaration : il y a une faute d'orthographe.

Le roi sursauta ; il s'entailla le doigt.

– Aïe !

Boris III fouilla dans sa manche, sortit son mouchoir et le pressa sur la plaie ; puis, stupéfait, il dévisagea le ministre.

– Une faute d'orthographe !?

– Oui, sire. « Évidemment » s'écrit avec un *e*.

Le roi en resta bouche bée. Il était profondément vexé. Il rageait aussi d'avoir à recommencer ce qui lui avait pris une journée de travail, compte tenu des brouillons, oublis, ratures, taches malencontreuses…

– Vous êtes sûr ? dit-il enfin d'un ton pincé. Ça m'étonne beaucoup. On dit bien pourtant « évid*a*mment » !

Kléber de Mettemberg écarta les bras.

– Sire, c'est ainsi… On dit aussi une « f*a*mme », alors qu'on devrait entendre « fêmme » !

Boris III tendit le bras pour saisir la déclaration. Il fixa le fameux mot d'un regard noir.

– « Évidêmment » ; c'est ridicule…

Il empoigna une clochette sur le bureau, la secoua à toute volée et cria vers la porte :

– Qu'on aille sur l'heure chercher monsieur Moutrin !

Chapitre 5

Monsieur Moutrin mit son lorgnon et se pencha sur la déclaration. Il la lut très lentement, chacun des mots se formant sans bruit sur ses lèvres. On comprit qu'il était parvenu à ce qui posait problème quand on le vit hocher gravement la tête, d'abord de haut en bas, ensuite de droite à gauche. Un air de grand souci se peignit alors sur ses traits. Il se redressa, toussa plusieurs fois, poussa de profonds soupirs et, la mort dans l'âme, finit par se prononcer :

– Effectivement, je crois qu'« évidemment » s'écrit avec un *e*. Mais sachez, sire, que j'aurais probablement fait moi-même la faute !

Le roi Boris prit son Premier ministre à témoin : même le savant monsieur Moutrin aurait fait la faute !

– De fait, c'est une absurdité de l'orthographe ! s'échauffait celui-ci. Un défi à la logique ! Pourquoi un *e* plutôt qu'un *a* !? Cet *e* n'a aucune raison d'être ! Il est... il est...

– Il est ridicule.

– Voilà, sire, ridicule, c'est le mot !

Le roi se pinçait les lèvres ; il décréta :

– D'ailleurs, d'une façon générale, je trouve que l'*e* est une lettre un peu ridicule.

– Je l'ai souvent dit, Majesté ! confirma monsieur Moutrin avec force. C'est une lettre qui pose régulièrement problème. Et, comment dire... À mon sens, elle est trop... trop maniérée, trop féminine... Je dirais même... perfide ! La preuve : avez-vous noté qu'elle forme les mots « Ève »,

« tenter », « serpent » et « péché » ? En tous cas, et à coup sûr, elle est moins essentielle que les autres voyelles.

– Presque superflue, proposa le roi.

Monsieur Moutrin se tortilla.

– Sire, vous me comblez d'aise. C'est une réflexion qui vient à plusieurs reprises dans mon ouvrage sur la nature. J'ai pu vérifier, par exemple, que l'*e* était toujours absent du langage des peuplades primitives. De même, chez les animaux…

Le roi Boris n'écoutait plus ; il fixait sa déclaration sans la voir. L'air absent, la bouche entrouverte, il semblait suivre le cheminement d'une idée.

– … a-t-on déjà entendu un hibou faire « Heu ! » ? questionnait monsieur Moutrin. Non, non ! Que je sache, le hibou fait « Hou ! ». Et la corneille ? Que fait la corneille ?

– Et la chèvre ? intervint Kléber de Mettemberg.

– La chèvre ? Ma foi, la chèvre fait « Bêêê ! », ou « Mêêê ! », c'est vrai, mais…

– « *Des bêtes telles que les chèvres n'émettent presque que des* e ; *c'est l'essence même des bêlements.* » Méditez le fait autant que la phrase, monsieur le précepteur.

Un instant désarçonné, monsieur Moutrin trouva comme parade un argument sinon pertinent, du moins enflammé :

– C'est exact, monsieur le ministre. Cependant, qu'est donc la chèvre, je vous le demande ? La chèvre est la femelle du bouc, animal satanique !

Le roi mit fin au débat en sortant brusquement de sa rêverie. Il chiffonna le feuillet de la déclaration et l'expédia vers la corbeille, dans la montagne des déclarations ratées.

– Je pense qu'il est de notre devoir d'agir, il en est grand temps. Prenez un siège, monsieur Moutrin, vous allez m'aider.

Il eut un geste négligent pour Kléber de Mettemberg.

– Laissez-nous, Mettemberg, nous avons du travail.

Tandis que le Premier ministre donnait dans l'air un grand mouvement de béret, dont l'ampleur exprimait peut-être un soupçon d'ironie, Boris III agitait de nouveau frénétiquement sa clochette.

– Holà ! Qu'on apporte du thé ! Et du kouglof, et de la vodka ! Activez le feu dans la cheminée ! Dites à la reine Gründal que je passerai sûrement la nuit dans mon bureau avec monsieur Moutrin ! Prévenez-moi seulement quand le prince Igor sera couché, que j'aille déposer un baiser sur le front du chéri !

Chapitre 6

– C'est comme je vous le dis, Edmée : ce nain d'Ouglouzof veut déclencher une guerre seulement parce qu'il s'ennuie. Non, vraiment, le Poldovo ne mérite pas un tel bouffon…

Kléber de Mettemberg marchait de long en large dans le grand salon de son hôtel particulier ; il passait et repassait devant son épouse et Hélène, l'aînée de ses filles, qui brodaient chacune leur ouvrage. Edmée leva les yeux sur lui.

– Mais n'a-t-il pas jeté lui-même sa déclaration à la corbeille ?

– Si. Pour s'atteler à je ne sais quelle bêtise avec ce pitre de Moutrin. Puissiez-vous avoir raison : qu'une autre sornette le distraie de sa première idée ! Allons, le Tout-Puissant nous évitera peut-être la guerre…

– Et si ce n'est le Tout-Puissant…

Kléber se figea dans son va-et-vient ; avait-il bien compris ? La tendre Edmée avait le front serein et le regard limpide.

– « Aide-toi et le ciel t'aidera », dit-elle.

Elle reprit posément son ouvrage, non sans insister :

– Vraiment, monsieur mon mari, le Poldovo ne mérite pas un tel bouffon, mais bien un homme auquel le Seigneur a donné en naissance le rang et les capacités.

Kléber se tourna vers la cheminée. Le manteau s'ornait du blason des Mettemberg, vieille et noble famille de l'aristocratie poldovare ; un lion, debout, brandissant une épée. Aux paroles de son épouse, les convictions les plus profondes de Kléber de Mettemberg vacillaient. Lui, l'homme de devoir, de loyauté, de modération, lui, l'ancien séminariste que seul un caprice de la vie – sa rencontre avec Edmée – avait détourné d'une existence vouée au Seigneur, lui, l'austère et rigoureux Premier ministre du Poldovo, ne pouvait détacher ses yeux de l'épée peinte au blason.

Thérèse, la seconde fille, entra dans la pièce.

– *Père, le jeu d'échecs est prêt ; je sers le thé.*

Chapitre 7

–Deux heures trente !… Que me veulent ces zèbres !?

Le Premier ministre bouillait dans la voiture qui l'emportait vers le palais par les ruelles de la vieille ville de Zdon. Sa Majesté l'avait en effet convoqué en pleine nuit sans scrupule. L'escorte, tambourinant aux portes de Son Excellence, avait effrayé toute la maisonnée. Kléber avait dû rassurer ses filles et son épouse avant de grimper dans le carrosse :

– N'ayez crainte, les bouffons ont sans doute mis au point leur bouffonnerie et réclament maintenant le jugement d'un public… Retournez vous coucher, Edmée ; vous aussi, mes tourterelles ; je serai bientôt rentré.

Au palais, dans le bureau surchauffé, il trouva ces messieurs dans un état de grande excitation. Boris III sautillait sur place, les joues rouges, l'œil allumé, le cheveu en bataille. Monsieur Moutrin, la trogne également rubiconde, tournait dans la pièce en lisant un feuillet à voix basse ; il ponctuait sa lecture de petits grognements de jouissance. Cette fièvre, cette jubilation commune attestaient que l'instant paraissait décisif, et peut-être aussi que plus d'un carafon de vodka avait été vidé depuis la veille…

Chacun accueillit le Premier ministre à sa manière :

– Mettemberg, enfin !… fit le roitelet d'un air excédé. Faut-il tant de temps pour passer un habit ?

– Voilà donc arrivant au palais l'officiant Principal, mon roi ! émit monsieur Moutrin en articulant exagérément les mots.

Le roi Boris fronça les sourcils, comme s'il se répétait mentalement la phrase du précepteur, puis son visage s'épanouit.

– Excellent, monsieur Moutrin, excellent !

Il se reprit, pointant vers le plafond le doigt qui était entouré d'un pansement :

– Ou plutôt : « Parfait, Moutrin, parfait ! ».

Correction qui sembla plonger à son tour monsieur Moutrin dans l'extase. Affichant désormais une royale dignité, Sa Majesté lui confisque le feuillet pour le tendre au ministre.

– Monsieur mon Premier ministre, prenez sur-le-champ connaissance de ceci. Il s'agit d'une nouvelle loi que nous, Boris III, avons conçue dans l'intérêt supérieur du peuple poldovar. Vous veillerez à la faire placarder dans tout le pays le jour de la Saint-Piotr, c'est-à-dire dans un mois exactement. Soyez certain que je porterai une attention toute particulière à son application.

Kléber de Mettemberg ressentit un certain soulagement ; il n'était plus question de guerre ; une lubie avait bien chassé l'autre. Mais quelle tournure prenait donc la dernière ?

Il lut :

Avis à la population,

Moi, Boris III, roi du pays, j'ai fait la loi qui suit : à partir d'aujourd'hui, on n'a plus droit à l'utilisation du e, *ni dans la discussion ni dans un mot inscrit (dans un discours, un pli, sur un mur, au fronton d'un magasin…). On punira donc l'individu ignorant ma loi ; qu'il soit paysan, marin, soldat, savant, marchand, duc, ou alors un bon ami à moi (y compris mon favori), tant pis pour lui. La punition ? Moins un doigt à la main ; ainsi, voyant sa main manquant d'un doigt, on saura aussitôt qu'on a là un vrai idiot (ou un bandit).*

Moi, roi du Poldovo par droit divin, j'ai dit.

Le ministre sourit aimablement. Le spectre de

la guerre s'éloignait ; il fallait maintenant, avec diplomatie, amener Sa Majesté à considérer son projet de régime sans *e* pour ce qu'il était vraiment : une plaisante farce.

Déçu par la réaction polie mais mesurée de son premier lecteur, le roi Boris quêta le compliment.

– Vous aurez certainement noté, Mettemberg, que dans sa formulation la loi respecte ses propres contraintes ! Si je puis dire : *à la lettre !*

Monsieur Moutrin s'esclaffa dans les règles :

– Ho, ho, j'applaudis au bon mot, mon roi !

– Je vois, sire, je vois, fit le Premier ministre. Mes félicitations pour cette prouesse. L'exercice est subtil et vous me voyez flatté d'en avoir partagé si tôt la finesse. Cependant, nous en sommes d'accord, il restera naturellement de pure forme ; car je ne vois pas comment...

Le roi se raidit.

– Plaît-il ?

– Sire, vous imaginez bien que l'application de cette loi poserait des difficultés insurmontables.

– Monsieur mon ministre, dit le roi d'un ton

glacial, imaginez vous-même que tout cela n'est pas une plaisanterie : nous sommes en guerre !

– En guerre ? Avec le grand-duché du Grönemburg ? Mais je croyais que…

– Qui vous parle du Grönemburg !? J'ai tout mon règne pour moucher cet insolent de Fernand-Joseph ! Non, monsieur, nous sommes en guerre… contre la lettre *e* ! L'*e*, ce parasite de l'alphabet, cette écharde dans la langue, ce poison de la raison ! Et nous comptons bien combattre la vilaine de toutes nos forces, par tous les moyens appropriés ! Voilà pourquoi nous avons rédigé cette loi ! Voilà pourquoi, dès ce matin, au vu de ses grandes aptitudes et de la rigueur de son esprit scientifique, monsieur Moutrin ici présent est nommé ministre de la Police du langage, ou « officiant aux Mots parfaits » !

– Majesté, je vous en prie, réfléchissez aux conséquences. Sans l'*e*…

Le roi trépigna de colère. Il n'en perdit pas pour autant une surprenante maîtrise du langage, ce qui inclinait à penser que la tirade avait été soigneusement préparée :

– Il suffit, mon ami ! Un trait si laid, si vain, disparaîtra à tout jamais du Poldovo ! Un oubli vaudra un doigt, voilà ! Pour toi aussi, compris ? Au fait, à partir d'aujourd'hui, ton nom s'inscrira Klobor di Mottomborg ! Tu auras dans mon palais rang d'« officiant Principal » ! J'ai dit ! Hop, fais illico savoir ma loi aux officiants sous toi, puis dans un futur prochain aux Poldovars ! L'officiant Moutrin m'a, pour sa part, soumis un plan savant d'application afin qu'un chacun y soit contraint. Ha, ha, dans un mois, pas plus, tu vas voir : nul n'ira trahir ma loi !

La pendulette tinta ; le roi bâilla.

– Allons, mon bon Moutrin, trois coups sonnant au carillon, filons dormir. Moi, Boris III, suis ma foi fort satisfait du travail accompli…

L'officiant Moutrin fit une grande révérence pour saluer tant le départ du roi que la performance de son dernier propos. Sans rien laisser paraître, l'officiant Principal Kléber de Mettemberg s'inclina lui aussi et prononça :

– On agira donc ainsi qu'il vous plaira, mon roi.

Chapitre 8

Le rire clair d'Edmée de Mettemberg sonna.

– Irma di Mottomborg !... J'adore !...

Sa fille Hélène lui égrenait la liste des prénoms légaux qu'elle s'était amusée à préparer :

– Anna, Clara, Sophia...

Laissant sa mère et sa sœur à leur jeu, Thérèse s'approcha de son père qui, debout devant l'âtre, les mains dans le dos, perdait son regard dans les flammes.

– Père, la plaisanterie va cesser, n'est-ce pas ? Le bouffon changera bientôt d'avis ?

Kléber lui répondit sans lever les yeux :

– Détrompe-toi, ma fille. Dans dix jours, la loi sera proclamée.

– Mais personne ne la respectera, c'est impossible ! C'est tellement bête !

– « C'est tellement bête… », répéta Son Excellence avec un sourire amer. Thérèse, les rieurs et les insouciants ont tort. Je sais par mes gens que le grotesque Moutrin a pris la chose à cœur. Il organise et instruit sa police avec le plus grand soin, avec cet entêtement et cette minutie des fous. La loi sera bel et bien appliquée, et chaque manquement sera puni. Nous devrons tous apprendre à nous passer de l'*e*. Je te prédis pourtant un désastre…

– Alors il faut l'empêcher. Par tous les moyens.

Kléber de Mettemberg fixa le blason de sa famille au-dessus de l'âtre, le lion debout à l'épée.

– Oui, par tous les moyens, dit Thérèse. Allons, en attendant, venez vous changer les idées à notre partie d'échecs.

– J'arrive, ma fille…

Seul devant la cheminée, les yeux brillants, l'âme frémissante, Kléber de Mettemberg déroula le fil de sa pensée ; celle-ci prenait peu à peu la forme d'un manifeste, d'une contre-lettre en opposition littéralement parfaite à la loi du roi Boris :

« *Edmée et Thérèse me tendent les mêmes perches : elles veulent que je me rebelle. Et en effet, je ne peux rester neutre. Enlever l'*e *des termes, c'est mener le peuple en enfer. Je veux l'empêcher. Qu'entreprendre ? Prendre l'*e *en emblème, presque en précepte, le vénérer, le célébrer, en être le ménestrel fervent ; dresser l'épée vengeresse des Mettemberg ; fédérer mes gens, créer le cercle des rebelles ; semer le vent de l'émeute, lever le peuple, renverser ce demeuré de régent ; et me décerner le sceptre : Kléber le Preux, empereur de ces terres !… Père céleste, entendez cette requête ! Clémence envers le pécheur que je représente : c'est le peuple que je défends !* »

Chapitre 9

L'officiant Moutrin sur ses pas, Sa Majesté quitta le bureau pour ses appartements ; elle était plutôt d'humeur maussade. Le roi avait longtemps, trop longtemps travaillé depuis la matinée. D'abord à cette leçon particulière de langue, ce nouveau parler poldovar que monsieur Moutrin lui inculquait quotidiennement ; ensuite à la lecture, puis à la signature de tous ces décrets que le même Moutrin lui soumettait, et qui instituaient les dispositifs d'application de la loi. L'officiant aux Mots parfaits déployait en ce domaine une intelligence pratique, un esprit méthodique d'une effrayante efficacité. Administrations publiques, vie privée, l'immense champ d'opération de la loi était progressivement cerné. Et surtout, les mécanismes de la détection des infractions et ceux de la répression avaient été pensés.

Mais la mauvaise humeur du roi ne devait pourtant pas qu'à cette surcharge de travail : sa loi entrant bientôt en vigueur et ne pouvant souffrir d'exception, il était de son devoir de la faire respecter dans l'intimité royale ; ce qui lui causait bien du tourment.

Dès qu'il vit son père entrer dans le salon, le jeune Igor se précipita vers lui.

– Papa, papa ! Dis, papa, on…

Sa Majesté lui allongea immédiatement une claque. Le prince Igor en fut suffoqué, puis éclata en sanglots, poussant des plaintes déchirantes où chacun ne voulut naturellement entendre que des « Hou ! » et des « Hin ! ». Monsieur

Moutrin se lança dans une explication :

– Voyons, royal papa a raison, Igor ! Nous vous l'avons dit au jour d'avant ! Papa doit agir ainsi, sinon, qui sait, on pourrait saisir par hasard dans vos mots la prononciation d'un trait proscrit. Allons, finissons, Igor, finissons… Nous vous comptons toujours dix doigts, non ? Bon, voilà l'important, mon garçon ! Ah, ça, mais… tournons-nous par là, Igor. On y voit quoi ? Royal papa, tout contrit d'avoir fait ça ! Qu'il a aussi du chagrin, papa !

Au point que royal papa lui-même avait fondu en larmes :

– Pardon, mon fils, pardon !… J'agis ainsi par amour, sais-tu ? Par raison aussi : toi, futur roi du Poldovo, tu dois avoir dix doigts aux mains !… Ou alors tu pourrais avoir pour surnom « Igor l'Idiot » ! Igor, Igor mon fiston, par ici, papa voudrait un bisou !… Puis nous sortirons nos joujoux-soldats pour un combat magistral tout autour du tapis !

La reine Gründal observait ce manège d'un œil méprisant. En ce qui la concernait, l'observation de la loi ne lui posait pas vraiment de problème :

d'une part, ses mastications incessantes lui laissaient peu de temps pour former des mots ; d'autre part, comme il fallait quand même ouvrir parfois la bouche pour un semblant de communication, elle avait choisi de ne plus s'exprimer que dans sa langue maternelle, un parler nordique plutôt fruste, où il était honnêtement impossible d'identifier un *e* franc.

– Glåffůrd ö flügd ! prononçait-elle par exemple.

On comprenait alors – mais surtout par son mouvement de menton ou son doigt tendu – que la reine souhaitait qu'on lui approche la coupelle de sel ou le beurrier. Dans ces occasions, si le roi réagissait, c'était avant tout pour rompre le silence de plomb qui régnait maintenant aux repas.

– Gründal, pour l'instruction d'Igor, nous voudrions au moins ouïr dans vos propos un « s'il vous plaît » !

– Plůvd, ajoutait aussitôt la reine.

Et elle cessait un instant de mastiquer pour partir dans de grands gloussements.

Chapitre 10

Le jour de la Saint-Piotr, comme le roi l'avait exigé, la loi fut placardée dans tout le pays. Les crieurs publics remplirent aussi leur office à l'intention de ceux qui ne savaient pas lire et des habitants les plus isolés. Ils parcouraient les rues, les routes, les hameaux, ameutaient les citoyens au son du tambour et proclamaient de vive voix la nouvelle loi. Les termes en étaient exactement ceux de la rédaction première, sinon que l'officiant

Moutrin avait obtenu de Sa Majesté un article supplémentaire :

Par un bon vouloir du roi, la population aura un sursis d'adaptation à la loi durant huit jours, sursis ayant pour jour initial la Saint-Piotr ; la fin du sursis tombant, l'infraction vaudra la punition.

Une mesure à la fois de bon sens et d'humanité…

Il n'y eut bientôt pas une âme au Poldovo qui puisse prétendre ignorer la loi. Comment d'ailleurs ignorer ce dont le peuple avait fait un de ses sujets de plaisanterie favoris ? Car la loi avait eu pour effet immédiat de déclencher l'hilarité générale. On la prenait comme la dernière facétie de Son Altesse Ouglouzof, qui jouissait dans le pays d'un statut d'amuseur national plutôt que de celui de monarque éclairé. On riait encore du tour d'avant : parce que le prince Igor éprouvait une tendresse particulière pour un cochon de la ferme royale, le roi n'avait-il pas imposé l'an passé que le moindre goret du pays soit inscrit à l'état civil ?

C'est ainsi que dans les jours qui suivirent sa proclamation, la loi donna lieu à des exercices savoureux au coin des rues. Untel, apercevant un compère, l'apostrophait en clignant de l'œil et en cherchant ses mots :

– Frantz ! Bonjour, mon gars ! Joli matin, non ? Ça va, toi ?

– Ho, mon ami ! Oui, ma foi, ça va, et toi ?

– Ha, ha !… L'idiot ! Tu as dit « et », alors qu'il y a là un trait proscrit ! Allons, hop, un doigt en moins, vilain !

– Ho, ho !… Abruti ! Tu as dit « en » ! N'y a-t-il pas là aussi un trait proscrit, par hasard ? Hop, fais voir ta main à ton tour !

Et les compères se tapaient sur les cuisses.

Voilà comment on accueillit la loi. C'était une distraction bienvenue, une contribution à la bonne humeur générale, une nouvelle source d'inspiration pour la verve populaire. Dans leur grande majorité, les Poldovars en furent reconnaissants au roi Boris ; on haussa les épaules aux rares propos alarmistes, vague rumeur entretenue, paraît-il,

par certaines autorités officielles dont l'humour
n'avait jamais été le point fort ; on préféra prendre
le parti de l'Ouglouzof : celui du rire !

Ce en quoi on avait bien tort…

Chapitre 11

Deux personnages entrèrent dans la pâtisserie de maître Gustaf. Pardessus et chapeaux gris, moustaches, mines sévères, ils offraient tous les attributs de la police de la paix civile ; une brigade royale que le quotidien paisible du Poldovo avait jusque-là cantonnée à des tâches administratives, recouvrement des taxes, recensement, attribution de sauf-conduits, patentes ou autres...

Ils s'adressèrent en ces termes à dame Gustaf qui tenait alors la boutique :

– Holà, toi ! Nous mandons ton mari. Qu'il soit là dans l'instant.

– Messieurs, c'est que maître Gustaf est aux fourneaux !

– Nous insistons. Un mitron finira la cuisson. Nous voulons voir ton mari aussitôt.

Dame Gustaf hésita, puis alla chercher son pâtissier de mari ; plus que la requête en elle-même, c'était ce ton étrange qui l'inquiétait. Maître Gustaf apparut bientôt, s'essuyant les mains pleines de farine à son large tablier.

– Messieurs ? Ah, c'est la police de la paix civile !

– Pas du tout, mon ami.

L'un des hommes présenta un insigne brillant inconnu.

– Commis aux inscriptions. Dis-nous, sais-tu qu'à la Saint-Piotr, trois jours plus tôt, on proclama au Poldovo la loi du roi Boris ?

– Ha, ha ! c'est de cette farce qu'il s'agit !…

– Disons qu'il s'agit avant tout du bon vouloir

du roi. Sors du magasin sur nos pas. Allons, sors !

Maître Gustaf ouvrit des yeux ronds mais se laissa tirer dehors. Un des hommes lui désigna son enseigne.

– Vois là-haut, au fronton : il y apparaît un mot mal inscrit. Suivant la loi, on doit plutôt voir « PAINS, BISCUITS » ; surtout pas ton nom marchand d'avant où on lit ici ou là un trait proscrit. Ça va pour aujourd'hui, il y a un sursis ; mais dans cinq jours, il y aura infraction. Nous passons donc pour ton instruction : marchand, au nom du roi, tu dois offrir à la vision un fronton s'accordant à la loi. Sinon nous, commis aux inscriptions, nous aurons l'obligation d'agir…

L'autre commis s'en mêla :

– Voici aussi un avis d'ami : nous, si nous faisions ton travail, nous cuirions surtout du produit ayant un nom s'accordant à la loi – croissants, chaussons, pains au chocolat, kouglof, flan, baba au rhum, clafoutis, nougat… il y a là grand choix, pour un marchand autant qu'un gourmand. Ainsi, garanti, tu n'auras aucun souci plus tard. Car sait-on jamais… Un mot proscrit sonnant au magasin pourrait valoir du tracas ! Bon, tu fais ça ou non, vois-tu ? Moi, j'aurai toujours dix doigts…

Maître Gustaf les regardait à tour de rôle, n'en croyant pas ses oreilles ; puis il éclata de rire.

– Ah, les drôles !… « Pains, biscuits », « clafoutis, nougat » !… Tu entends ça, Ursula ? Ho, ho, ho, ils vont me faire crever de rire…

Au rire puissant de maître Gustaf, maître Gaspard, son voisin le crémier, sortit sur le palier de sa boutique.

– Hé, je vois qu'ils sont aussi venus te voir, Gustaf ! Alors, ils t'ont fait la leçon ?

– Oui, Gaspard ! Je dois marquer au fronton « Pains, biscuits », et vendre surtout du clafoutis ! Ho, ho, ho !…

– Tu as de la chance ! Moi, je dois marquer « Tous produits issus du lait », ou « Lait, gras, coquillons » ! Et ces messieurs me conseillent de ne pas vendre du beurre, mais plutôt du saindoux !

– Non !?… Ah, les drôles, ah, les drôles…

Les commis aux inscriptions se contentaient de

sourire. Ils touchèrent leur chapeau à l'intention de maître Gustaf qui se tenait toujours les côtes.

– Ris donc, mon bon, ris donc… Nous t'aurons instruit.

Ils entrèrent dans la boutique suivante, une marchande de dentelle.

Chapitre 12

$\grave{\text{A}}$ l'expiration du sursis, le neuvième jour après la Saint-Piotr, maître Gustaf et maître Gaspard furent parmi les premiers marchands de Zdon à perdre un doigt.

Les commis aux inscriptions passèrent chez eux dès l'ouverture ; cette fois, ils étaient en nombre : six commis armés de cannes et de gourdins, un autre harnaché d'une drôle de tablette, comme celle d'une écritoire. Ils se montrèrent intraitables, sans états d'âme ; ils se voulaient seulement la voix et le bras de la loi :

– Commis aux inscriptions ! Bonjour, mon bon Gustaf ! Ainsi qu'on l'avait dit, nous passons partout où nous notons infraction. Or, à ton fronton, il apparaît un mot mal inscrit ; nous nous voyons donc contraints à la sanction…

Rien ne put les émouvoir ; pas plus les gémissements du condamné que les pleurs de sa femme.

– Ah, non, pas un cri, pas un soupir, tu savais la loi ! Nous avons pris grand soin dans son instruction avant la fin du sursis. Suivant la loi, tu dois un doigt, point final. Tu vois l'outil plat sur l'habit du commis, là ? Il a pour nom « tablançon ». Voilà sa fonction…

Il fallait mettre la main à plat sur la tablette. On engageait quatre doigts dans des trous ; le doigt qui restait ainsi exposé – plutôt l'auriculaire – sautait d'un coup précis de hachoir. Les commis s'empressaient de le récolter.

– Nous gardons ton doigt pour justification. Pour lors, nous partons, non sans garantir qu'un oubli dans la modification du nom du magasin vaudra toujours un doigt. Compris, Gustaf ? Ho, toi, la Gustaf, tu n'as donc pas du coton ou un mouchoir pour ton mari ? Il va y avoir du sang partout !

On comprit plus tard le souci des commis à conserver leur morbide trophée : selon les instructions de l'officiant Moutrin, pour dix doigts récoltés, on donnait une prime de huit poldors.

Chapitre 13

Le pire, hélas, était que les mesures prises par monsieur Moutrin, génie de la méthode, ne s'arrêtaient pas là. À l'enseigne « PAINS, BISCUITS » du « pâtissant » Gustaf, on put assister à un autre genre de scène.

Un individu, incognito dans la file des clients, surgit soudain pour mettre sous le nez de celui qu'on servait un insigne doré :

– Commis aux discussions ! Quoi ? Qu'as-tu dit,

vilain !? Dis tout fort ta façon d'avoir un biscuit à ton goût !?

– Euh, j'ai juste demandé à maître Gustaf s'il avait des têtes-de-nègre !

Le commis compta sur ses doigts.

– Cinq !… Cinq fois un trait proscrit dans ton mot !… Ta provocation aura son prix ! Si, mon garçon, tant pis pour toi, tu connais la loi : au nom du roi, tu as droit à la punition du doigt manquant ! Suis-moi, nous allons voir illico un commis à tablançon. Taratata, tais-toi, tu n'avais qu'à discourir dans un poldovar parfait ou choisir du nougat !

L'affreux défia en sortant la file des clients qui grondait.

– Quoi, quoi !? Un individu parmi vous a son opinion sur la loi !? Il y a ici un friand du hachoir ou du gourdin !?

Seule une vieille femme osa lui répondre :

– Va donc, commis à Satan, maudit charognard ! Conduis donc ton prochain à l'amputation ! Tu finiras par l'avoir, ton poldor…

La vieille ayant usé d'une langue irréprochable – au moins dans la forme –, le commis ne put que l'insulter en retour :

– Allons, finis ton baratin, la gaga ! Machin croulant, va… Tu as toujours dix doigts pour la raison qu'ils sont trop crochus ! Hin, hin, il nous faudrait un tablançon conçu pour dragons !

C'est peut-être ce jour-là, chez maître Gustaf, que les commis du roi gagnèrent ce surnom de « charognards ». On apprit cependant à faire la distinction entre ces oiseaux de malheur. Les plus détestés devinrent très vite les commis aux discussions. Eux n'avaient pas d'uniforme identifiable comme leurs collègues des inscriptions. Ils se mêlaient insidieusement à la foule, l'oreille aux aguets. Ils traînaient dans les rues, les magasins, les marchés, et surtout dans les auberges, où la récolte de doigts était toujours appréciable ; là, le vin déliant les langues, il suffisait aux commis de se faire oublier et d'être un peu patient, pour s'inviter brusquement à une table :

– Stop ! Commis aux discussions ! Tu as dit un mot où tintait un son proscrit par la loi !

Alors, puisqu'on ne pouvait plus acheter un gâteau ou vider une chopine sans risquer d'y laisser un doigt, on jugea plus prudent de déserter les foires, marchés, bistrots et magasins, autrement dit le cadre des échanges commerciaux. Savant homme, vraiment, que ce monsieur Moutrin ; il avait déjà la matière de son prochain ouvrage : comment ruiner en peu de temps l'économie intérieure d'un pays.

Chapitre 14

Quant aux effets sur l'Administration… Illustration : n'importe quel jour de la semaine, au service de l'état civil ; derrière son guichet, le fonctionnaire est plutôt nerveux – et si le citoyen suivant était un charognard ?

– Bon, toi, tu voulais quoi ?

– Bonjour… bonjour…

– Allons, au trot, mon Poldovar ! Ici, au « statut civil », il y a tout un tas d'habitants qui languit dans ton dos !

– Bonjour… mon administrant. Moi, paysan, suis là… rapport à mon cochon. Lui (mon cochon) : couic ! Mort.

– Ah, disparition du cochon familial. D'abord : motif justifiant la disparition ?

– … Quoi ?

– La façon dont a fini ton cochon ! Tu l'as occis ? Un loup l'a mordu au cou ? Il succomba dans son coin, disons… quand il ronflait ?

– Ah oui, non, non ! Il a fini ainsi qu'un vrai cochon : on a fait du boudin, du jambon ! Un jour qu'il faisait froid, j'ai pris mon poinçon pour…

– Ça va, ça va, j'ai compris : tu l'as occis ! Donc, j'inscris : « Disparition pour nutrition du noyau familial ». Alors… Nom ? Avant-nom ?

– À mon cochon ?

– Non, ton nom à toi ! On saura ainsi son nom à lui, car suivant la loi d'il y a un an, il a pris ton nom familial.

– Ah, oui. Bon, mon nom. Là, pardon : mon nom, nous l'avons sur un carton, inscrit par ma f… par mon patron à jupons ! (Ouf, j'ai failli sortir un foutu mot proscrit ! Mais as-tu vu, mon administrant, la façon dont…)

– Ton nom, ton avant-nom ! Point final !

– Voilà, voilà… Où qu'il a disparu, mon carton ? Ah, ici. Nous disons donc : suivant la loi, nous nous nommons-z'-aujourd'hui… holà, bon sang ! Nous nous nommons…

– Fournis-moi ton carton, corniaud ! Voyons ça… Quoi ? On lit quoi, là ? « Rnst Wllr » !?

– Bah oui, pardi ! On n'a plus droit-z'-au foutu trait proscrit ! Alors pfuit, nous l'avons soustrait partout du nom !

– Animal ! Pour l'Administration, on a dit qu'un *o* faisait fonction du trait proscrit ! Sait-on ça, au moins, dans ton trou ?

– Non, mon administrant, nous n' savions point ça… Nous, ma foi, on croyait…

– Suffit ! J'inscris donc ton nom ainsi : « Wollor Ornost ». D'accord ?

– … Pour sûr !… Alors, suivant l'Administration, mon patron à jupons aurait pour avant-nom

« Grota » !... Quand il va savoir ça...

– Continuons, continuons... Avant-nom du cochon ?

– Wilfrid – rapport à un mauvais cousin à moi qui...

– Stop ! L'avant-nom du cochon, pas plus ! J'inscris : « Wollor Wilfrid ». Il a disparu quand ?

– La fois qu'on a fait du boudin ?

– Oui !

– ... Avant, avant, avant, avant aujourd'hui.

– Compris : au huit-plus-un du mois d'avril. Au jour du boudin, il avait donc ?

– Il avait mal, pardi ! Il couinait plutôt ! Mon poinçon y a d'abord fait un trou ici, pis...

– Rhââ ! Oublions ça ! Au jour du boudin, ton cochon avait... tant d'ans ! Tu saisis ?

– Ah, du jour qu'il a paru au jour qu'il a dis-paru !... Houlàà ! Y' faut un total par jours ?

– Mais non. Pour simplification, nous comp-tons par an ou par saison. À sa mort, Wollor Wilfrid avait... trois saisons ? Un an ? Cinq saisons ?

– Cinq-plus-un saisons, mon administrant !

– Six, alors ! On a droit au « six » !

– Ah oui, tout à fait, pardon !

– Notons : « Six saisons ». Parfait. Ma foi… oui, pour nous, statut civil, on sait tout sur la mort du cochon dit Wollor Wilfrid. Pour finir, un bon coup du tampon qu'il faut : paf ! Toi, tu inscris ton nom là, puis tu disparais.

– Si tu l'inscrivais pour moi, mon administrant ? J' suis plus adroit au poinçon qu'au crayon, vois-tu ?

– Ah, là, là !… Fais donc la croix, ça ira ! Voilà. Oust, hors d'ici, bonjour à ton pays. Au suivant !

Chapitre 15

Le roi Boris se lamentait : son cher fiston quittait la table sans avoir presque rien avalé.

– Allons, Igor, finis donc ton coquillon bouilli ! Vois, papa a mis pour toi du saindoux sur du pain frais !

Ignorant son père, Igor était venu se placer de lui-même devant monsieur Moutrin. On avait changé de système préventif : la claque étant jugée trop pénible à recevoir comme à donner, on nouait maintenant dès la fin du repas un bâillon sur la bouche du prince.

– Un fruit, alors ! insistait Sa Majesté. Ou un biscuit au chocolat ! Non ? Sûr ? Ah, nous savons ! Voudrais-tu par hasard un doigt du vin à papa ?

L'emploi du mot « doigt » était très malheureux ; il valut au père un regard haineux du fils. Le roi se vengea sur la reine :

– Gründal, nous avons vu vos plans sournois pour vous saisir du coquillon d'Igor ! Au nom du Christ, ça suffit ! Quoi, tout un saumon froid, du faisan farci, un marcassin rôti, trois pains d'un kilo sont-ils insuffisants à vous nourrir !? Tout au long du jour, nous assistons à vos mastications… N'y a-t-il au fond pour vous qu'un souci, qu'un but, qu'un plaisir : grossir !?

– Schlåfon, ögt ! Dormir, aussi ! précisa la reine avant d'enfourner un biscuit.

Igor, prostré dans un coin, tournait les pages d'un livre. Monsieur Moutrin jeta un œil à sa lecture. Il hocha douloureusement la tête, confisqua *manu militari* le livre du prince, et vint le soumettre au roi.

– Mon roi, nous nous trouvons fort abattu.
Voici un vrai poison pour l'instruction d'Igor :
lisons au fil du soi-disant album anodin : pas un
fait transcrit sans un, dix, vingt traits proscrits !
Imaginons alors l'impact sur un bambin ! La
confusion dans son moi profond ! Non, mon roi,
non, plus jamais ça !

Monsieur Moutrin ferma le livre avec dégoût,
puis martela :

– J'irai plus loin : la corruption qui agit là sur
un bambin agirait tout autant… sur un savant ! Si,
mon roi : lu à tant d'occasions, un trait, proscrit
ou pas, s'inscrit dans la raison !

– D'accord, Moutrin, ça nous paraît un fait
acquis. Mais, dans l'absolu, nous faisons quoi ?

– Nous limitions pour lors l'action aux murs,
aux frontons ou aux propos frais inscrits ?
Attaquons-nous aussi aux parutions d'avant la
Saint-Piotr ! On doit bannir tout manuscrit ou
publication où apparaît l'impur trait. Sinon nous
combattrons sans fin…

– Tout manuscrit !? Pas nos manuscrits royaux, pourtant !…

– Pardon, mon roi, mais pourquoi pas ? Nous traduirons un à un tous vos manuscrits ! Un travail passionnant ! Ainsi, nous pourrions aboutir à la transcription… d'un *Grand Manuscrit du conflit* !…

– Oui, oui ! Ou… *À propos du conflit au Poldovo !*

– Voilà ! Mais laissons ça pour l'instant ; gardons pour nos loisirs un travail aux si grands profits. Traitons d'abord du sort commun, à savoir : bouquins, journaux insignifiants du quidam.

Le roi prit l'air soucieux. Tout à sa réflexion, il se toucha le nez. Il exprima enfin son scrupule :

– Bon, soyons clair, Moutrin : jusqu'ici, tout avait cours au grand jour, dans un champ d'action public. Or, du public, nous passons à l'individu. Soyons toujours plus clair : pour saisir tout manuscrit d'un individu, nous nous introduirons à son logis, forçant parfois son huis. Oui ou non ?

L'officiant écarta les bras.

– Mon roi, faut-il plutôt choisir l'abandon du

combat ? Allons, on instruira nos Poldovars, ils auront un sursis !

Pour vaincre les dernières hésitations de Sa Majesté, monsieur Moutrin vint mettre le livre à plat sur la table.

– Ouvrons l'album au hasard. Fils du roi ou pas, un bambin doit-il subir ça ?

Boris III s'absorba dans le texte, suivant des yeux le doigt du précepteur qui dénonçait une à une les lettres infâmes. La reine Gründal en profita pour attraper le coquetier d'Igor. Elle goba l'œuf d'un trait.

– Slurp ! fit-elle, s'exprimant là dans un poldovar impeccable.

Chapitre 16

– Ils insistent, madame, disait Serge, le domestique. Dois-je les faire entrer ?

Edmée de Mettemberg fit une grimace à l'adresse de ses filles.

– Et votre père qui n'est pas là, précisément ce soir !

– Mais que veulent-ils, maman ?

– Nous allons le savoir, Hélène. Allez toutes deux dans vos chambres. Si jamais ils exigent de

vous voir, rappelez-vous bien la consigne de papa :
ne répondre que par oui ou par non ; surtout pas
« peut-être » !

Comme sa sœur se levait en se tordant les
mains, Thérèse prononça calmement :

– Cesse de trembler, Hélène, c'est ce que
veulent ces gens. Permettez-leur d'entrer, mère ;
je reste : je veux être présente.

On les fit entrer au grand salon. Ils étaient
trois. Ils avaient le chapeau à la main. Ils détail-
lèrent d'abord les lieux, impressionnés malgré
eux par les dorures, les moulures, les lambris, et
par la renommée des hôtes. Puis l'un d'eux sourit avec cette morgue qui semblait essentielle à
leur fonction.

– Bonsoir. Voilà ma foi un fort joli salon… Aussi
grand, sinon plus, qu'un logis pour un vil commis.

Les deux femmes gardèrent le silence. Seule
la mère avait daigné répondre au salut par un
mouvement sec de la tête. L'homme présenta un
insigne doré. Il se racla la gorge et débita son

couplet, comme il l'avait fait dans chaque foyer visité depuis le matin :

– « *Nous, commis aux publications, passons au nom du roi Boris III pour instruction du fait suivant : à partir d'aujourd'hui, la condamnation du trait proscrit s'appliquant jusqu'ici aux discussions, inscriptions ou parutions aura aussi pour champ d'application tout album, atlas, journal, manuscrit, roman, publication – qui auront pour nom global un " transcrit " – conçus avant la loi. Ainsi, l'individu ayant sur lui ou à son logis…* »

Il s'arrêta et leva un doigt pour insister sur les derniers mots :

– « *… ou à son logis… un susdit transcrit s'inscrira par fait hors la loi, infraction qui lui vaudra l'amputation d'un doigt. Par un bon vouloir du roi, la population a un sursis d'adaptation d'un mois, sursis donnant l'occasion à chacun d'assainir son logis du plus insignifiant transcrit – tout transcrit brûlant, la purification par combustion paraît la solution s'imposant.* »

Le commis souffla, puis conclut :

– « *Au nom du roi, proclamation vaut jour d'application.* »

D'une moue, Edmée de Mettemberg fit mine d'apprécier.

– Un joli charabia.

– Chacun son goût… rétorqua l'autre. Pour moi, voilà du poldovar parfait…

Il donna un coup de coude à son collègue et désigna du menton la haute bibliothèque qui couvrait tout un mur.

– Ho, l'ami, vois là-bas ! Tant d'atlas choisis, d'albums familiaux ! Dix rayons supportant chacun au bas mot vingt transcrits sans prix ! Tout ça disparaissant avant un mois par combustion ! Attristant, non ?

– Bah, ainsi, la maison n'ira pas rafraîchir ! Au prix du bois aujourd'hui…

Les trois commis eurent un rire gras. On entendit alors la voix posée de Thérèse de Mettemberg :

– Je défends de penser que le feu végète chez les Mettemberg ! Cette demeure recèle en réserve des stères et des stères d'essences mêlées : chêne, hêtre, frêne, cèdre… même de l'ébène ! Mère, ces gens s'étendent, s'étendent… Leur zèle, leur véhémence m'excèdent. Et je reste hébétée de ce déferlement verbeux ; c'est de l'hébreu ! Que Serge les emmène ! Emmenez ces gens, Serge, emmenez-les ! Et tenez, servez-leur quelques verres : je pense que de répéter ce texte de demeure en demeure sèche le bec… Prévenez de même Hélène que c'est l'heure de prendre le thé. Je me lève et m'empresse de le chercher. Quel genre de thé, mère ? Thé-menthe, thé vert ? Et je sers quelques bretzels ?

Les commis suffoquèrent.

– Quoi !? Qu'as-tu dit !? Qu'as-tu dit !?

– Ces gentlemen veulent peut-être que je répète ?

Le chef de la bande, écarlate, fut obligé de s'asseoir.

– Arrh, à moi !… Mon poumon !… N'ai plus d'air !…

Thérèse proposa aimablement son secours :

– Mère, le délégué me semble un peu blême. Je l'évente ? Hé, chef, venez vers cette fenêtre !

– Son poldovar !... gargouillait le chef. Provocation sans nom !... Il n'y a pas un mot sans trait impur !... Pis : il n'y a pas un trait qui soit pur !...

– Seulement des *e* en mes termes, réellement ? Je ne m'entends guère les émettre !

– La voilà qui poursuit !... Commis, saisissons-la !...

Madame de Mettemberg s'interposa :

– Messieurs, rappelez-nous votre qualification exacte... Commis aux publications, non ? Par conséquent, vous n'êtes pas commis aux discussions !

– Non, mais...

– Alors vous n'avez pas autorité pour juger des discours, et encore moins pour arrêter les gens. Serge, veuillez raccompagner ces messieurs. Appelez du renfort s'ils font les méchants.

L'argument était légal. Les commis se replièrent en braillant leurs menaces :

– D'accord, on part… Mais on vous dit : à tantôt ! On aura alors parmi nous un bon ami, commis aux discussions ! Toi, la poison, bavant du trait proscrit, vomissant l'impur, tu connaîtras la chanson tablançon : tchac, tchac, tchac, plus un doigt, voilà ! Ton bras finira par un fort joli moignon ! Au surplus, ça nous vaudra huit poldors ! Ha, ha, ha ! Quant aux transcrits, vu la maison, aucun souci : on sortira toujours un oubli du fond d'un tiroir… Allons, à tantôt, donc ! Bonjour au « grand » officiant Principal !

Dès qu'ils eurent quitté la pièce, Edmée de Mettemberg se dressa.

– Thérèse, tu es folle ! Complètement folle !

Elle ouvrit les bras.

– Mais comme je suis fière ! Viens sur mon cœur…

Mère et fille s'embrassèrent. Edmée, tenant toujours les mains de Thérèse, l'observa en prenant du recul.

– Qu'en dira ton père ? Sera-t-il vraiment surpris… Ma fille, je pressens quelque chose. Que manigancez-vous, tous les deux, pendant vos parties d'échecs ?

– Mère, je ne peux révéler le secret ; excepté peut-être cet élément : en ce règne des ténèbres, père est l'exemple même…

Chapitre 17

Dans les bourrasques de pluie, profitant de la nuit, une ombre se faufilait par les ruelles de Zdon. La haute stature sous la cape noire au col relevé trahissait un homme. Après un circuit compliqué dans le dédale de la vieille ville – craignait-il d'être suivi ? –, le personnage s'arrêta enfin devant une porte basse, qui sembla l'avaler.

L'homme descendit une volée de marches, déboucha dans une cave et se trouva face à une assemblée. Modeste endroit pour une noble assistance : chacun de ceux qui la composaient était une figure de l'aristocratie du Poldovo ; tous pourtant, se levant d'un même mouvement, saluèrent respectueusement l'arrivant.

Celui-ci ôta sa cape et son béret trempés. C'était Son Excellence Kléber de Mettemberg. L'ancien séminariste joignit les mains, ferma les yeux, puis prononça gravement :

– Recevez mes respects, chers frères. Que les membres présents prennent le temps de révérer en eux-mêmes le Père éternel…

Tête baissée, les hommes se recueillirent. L'officiant Principal mit fin à la prière en toussotant :

– Hem, hem…

Il fit signe à l'assemblée de s'asseoir et entama d'une manière énigmatique le discours qui fondait la rébellion au Poldovo :

– Frères, percevez d'emblée l'essence de mes termes : épelez-les ; cette clé permet d'en entendre le sens celé !

Au son des mots, les plus perspicaces de l'auditoire avaient déjà compris ; ils hochèrent la tête, échangèrent un clin d'œil, arrondissant étrangement la bouche. Kléber les pointa du doigt.

– Je détecte que des lèvres reflètent l'*e* ; et c'est présentement cette lettre éthérée que je veux prendre en emblème… Frères, que l'*e* scelle l'entente secrète entre les membres présents !

Il y eut un frémissement général. Kléber poursuivit :

– Frères en l'*e*, fleurs de cette terre, crème de ce peuple, je pèse mes termes : c'est l'heure de se rebeller !…

Certains dans les derniers rangs, tout à leur émotion, se levèrent.

– Que le peuple se lève, en effet, c'est ce vent de tempête que je veux semer ! Mes frères, les événements récents heurtent l'entendement : cet espèce de benêt de régent et le précepteur fêlé prétendent enlever l'*e* des sentences ! L'*e*, splendeur de lettre, celle de l'Éden, celle même de l'Éternel !…

L'assistance grondait. Son Excellence grinça :

– Belle règle que ce décret : émettre seulement *e* de ses lèvres, c'est être démembré ! Et belles séquelles : les gens tremblent de peur, se terrent chez eux ! Et en cette heure, je peux le révéler, le précepteur dépêche ses cerbères chez tel et tel en ces menées perverses : rechercher des *e* en leurs textes ! Hé, mes frères, ce précepteur est dément !

– C'est très net, chef ! approuva un petit noble au fond.

Kléber le corrigea froidement :

– Hem, cher frère, je préfère le terme d'« Excellence ».

Dans le silence qui s'installa, Son Excellence toisa l'assistance ; puis il reprit d'un ton vibrant :

– Démence, terreur : ce règne empeste ! En l'espèce, est-ce désespéré ? Je rejette fermement cette thèse ! Seules les femmelettes peuvent le penser ! Ventrebleu, relevez les têtes, mes frères, et entrez en guerre ! Cette terre recèle les squelettes des Mettemberg, les cendres des pères et mères des membres présents ! Ensemble, défendez-les !

Le peuple est en détresse ? Défendez-le ! Prenez l'*e* en emblème et renversez le régent ! « Que l'*e* ! », mes frères !

– « Que l'*e* ! », Excellence !… Et que le régent crève en enfer !…

Tous étaient maintenant debout, brandissaient le poing, se crachaient la devise au visage. Kléber les laissa tempêter un moment avant de lever la main.

– Frères, le cercle secret des défenseurs de l'*e* est créé ! Permettez seulement que je tempère l'effervescence, le temps d'effleurer ce thème : lequel d'entre les membres se sent de représenter le cercle ?

Monseigneur Kunst, archevêque de Zdon et rejeton d'une famille éminente, prit la parole au nom de ses pairs :

– Quel être peut *excellemment* représenter le cercle, mes frères ? Quelle tête émerge ? Lequel peut en même temps renverser le régent et gérer ces terres en expert ? Le seul, c'est… ?

– Kléber de Mettemberg !…

Cri du cœur qui exalta Kléber :

– Frères, l'évêque m'encense, j'en ressens quelque gêne… Reste que cette requête fervente m'émeut ! J'en respecte les termes ! Est-ce pécher envers l'Éternel, je veux être ce meneur !

Il tendit le bras devant lui.

– « Je prête le serment de renverser ce règne détesté ! De l'épée, j'entends défendre le peuple et l'*e* ! » Répétez ce serment, mes frères !

Et les Frères de l'*e* répétèrent : « Je prête le serment… », etc.

Chapitre 18

Comme tous les lundis à sept heures, l'officiant aux Mots parfaits recevait en son bureau le commis principal, responsable des trois divisions de commis. C'était l'occasion de faire un point régulier sur l'application de la loi.

Monsieur Moutrin n'était pas ce matin dans les meilleures dispositions. Il n'avait presque pas dormi. Il consacrait depuis quelque temps l'essentiel de ses journées à traduire avec Boris III les manuscrits royaux. L'ampleur de la tâche les avait d'ailleurs contraints à prolonger d'un mois le sursis qui concernait les transcrits ; charité bien ordonnée… Et la nuit, monsieur Moutrin avançait tant qu'il pouvait la traduction légale du *De Natura*, son ouvrage monumental. Il menait deux versions simultanées, ne parvenant pas à résoudre ce dilemme : fallait-il transcrire le texte du latin en poldovar ou conserver le latin original en l'expurgeant des *e* ? La deuxième solution avait ses faveurs, car on sait bien que c'est le latin qui exprime le plus fidèlement les choses savantes ; mais, même pour un latiniste distingué comme monsieur Moutrin, écrire un latin sans *e* constituait un casse-tête, surtout pour parler des choses au pluriel.

L'officiant accusait donc les effets cumulés de la charge de travail, du manque de sommeil et du souci insidieux de ne pas dénaturer son *De Natura*. Sans compter qu'en ce moment même le commis principal prenait un ton plaintif :

– Tous nos commis ont ainsi un avis commun,

mon officiant : la moisson va diminuant ; un doigt par-ci, par-là, pas plus… Pourtant, chacun court du matin au soir, traquant l'infraction !

Monsieur Moutrin haussa les épaules.

– La raison, la voici : la loi s'inscrit bon an, mal an dans la tradition ! Un quidam discourt aujourd'hui dans un poldovar quasi parfait ! D'un mot : nous avons vaincu.

– Pardon, mais non, mon officiant. Ou alors : vaincu par abandon ! Au vrai, nos Poldovars ont disparu du pays, dirait-on… Plus un coco au bistrot ni dans un magasin ni dans un parc public, tous sont tapis à la maison ! Bon, on saisit parfois un soûlot lâchant un trait proscrit dans sa divagation… mais il y a un os : à tous coups, l'abruti n'a plus un doigt aux mains, car on l'a saisi au moins dix fois auparavant ! Ah, non, nos commis n'ont pas bon moral…

– Vos commis sont agaçants au plus haut point ! A-t-on mauvais moral pour avoir moins d'occupation ? Sont-ils au courant du travail qu'a un officiant tout au long du jour ?

– Nous l'imaginons, mon officiant ! Mais voyons la situation à la façon d'un commis : si son occupation va diminuant, son profit aussi !

Monsieur Moutrin grogna, puis balaya l'air de la main.

– J'ai la solution : nommons tous nos gars « commis aux publications ». Dans huit jours, à la fin du sursis, ils s'introduiront partout ; sachant qu'il y aura toujours un transcrit hors la loi traînant dans un coin, au final, ça vaudra son poids d'or…

L'officiant frémit alors intérieurement : lui-même n'avait plus qu'une semaine pour terminer la nouvelle version du *De Natura* !

Le commis principal approuva la mesure :

– Ça va ravir nos gars, mon officiant. À propos d'innovation, par rapport au cas du soiffard : si on adaptait un tablançon aux doigts… hum, aux doigts…

Il désignait ses pieds.

– Aux doigts du sol ? traduisit Moutrin. Ma foi… ma foi, oui, la proposition a du bon, l'outil aurait sa fonction. Hop, nous l'adoptons, lançons illico sa fabrication. Bon, a-t-on fini pour aujour-d'hui ? Son Culminant Boris III m'a fait savoir qu'il comptait sur moi au plus tôt.

– J'arrivais à la conclusion, mon officiant. Il s'agit d'un fait à mon avis important : durant un tour d'instruction, au logis d'un individu fort connu, on a assailli nos gars par la prononciation d'un poldovar impur ; si impur qu'un commis a failli mourir du choc ! Satan parlait, paraît-il : pas un trait pur dans la prononciation !… Ahurissant, non ?

– Quoi !? Au logis d'un individu connu, dis-tu ? Qui donc ?

– …

– Son nom, à l'instant !

– Klobor di Mottomborg…

Chapitre 19

– L'officiant Principal, Moutrin ?

– Oui mon roi, l'officiant Principal ! D'instinct, j'avais pris mon parti quant à l'individu : il m'a toujours paru sournois ; mais pour savoir qu'il irait aussi loin…

– À son logis, donc… Mais qu'a-t-il dit, qu'a-t-il fait ?

– Oh, lui avait fui la maison ! Trop malin, voyons ! Il a fait son mauvais coup par procuration,

manipulant un pantin à jupons du giron familial…
La machination a, dit-on, un pouvoir foudroyant ;
un vaillant commis l'ayant subi n'a plus aujour-
d'hui sa raison. Car voici l'abomination, mon roi :
*ils ont conçu un jargon à vomir où n'apparaît qu'un
trait : l'impur !…*

– Un anti-poldovar absolu !? Allons, Moutrin,
vos commis auront mal compris ! Il n'y a pas un
si grand choix dans l'impur !

– Sauf quand Satan y pourvoit ! N'oublions pas
un fait parlant : qui fit allusion au bouc, donc à
Satan ? Qui vanta son cri d'animal maudit ? Qui,
sinon l'officiant Principal, usa pour lors d'un long
propos où triomphait l'impur ?

– Mais oui, tout à fait !

– Naïfs qu'alors nous figurions ! Judas pointait
sous l'administrant hautain ! Mon roi, nous
l'avons mis au jour : il ourdit un complot ! Il faut
nous saisir du vil intrigant avant qu'il soit trop
tard !

– Nous saisir du Principal officiant ? Holà, tout
doux, Moutrin ! Qui aura soin du Poldovo ? Hum,

disons : qui accomplira l'obscur travail d'administration ?

– Qui ? Mais… moi, mon roi, moi ! Quand il vous plaira ! Savant à la cour, puis officiant actif, j'ai autant, sinon plus qu'un Mottomborg, la qualification pour la fonction !

Le roi Boris préféra éluder le problème.

– Nous allons voir, Moutrin, nous allons voir… Pour l'instant, occupons-nous d'Igor. Donnons-lui l'instruction qu'il faut. Sans la prononciation du trait impur, tout calcul a pris un tour fort ardu, non ? Voyons la multiplication par trois : trois fois un, trois, bon ; trois fois un-plus-un, six ; trois fois trois… huit-plus-un ; trois fois trois-plus-un… hum…

– Dix-plus-trois-moins-un, mon roi.

– Ah oui, voilà.

Chapitre 20

Son Excellence poussa la porte de la petite auberge. Relativement à la rue, où patrouillaient les commis, Kléber entrait désormais en terrain ami : un Frère de l'*e* tenait l'endroit. L'auberge *Aux Bons Amis* – officieusement : *Chez les Frères* – était ainsi un lieu de rendez-vous privilégié pour les membres. Kléber de Mettemberg venait d'ailleurs y rencontrer deux frères éminents, monseigneur Kunst et le duc René d'Appenzdoff ;

au cours de cette entrevue décisive, les têtes pensantes du cercle allaient arrêter leur plan de bataille.

Mais pour l'heure, Son Excellence étant largement en avance, elle décida tout simplement de s'attabler pour manger. Kléber avisa le serveur dans la salle déserte et le salua de la formule rituelle :

– « Que l'*e* ! », cher frère.

L'autre s'inclina très bas.

– « Que l'*e* ! », Excellence. Je me permets de prendre les effets trempés de l'Excellence, veste et béret, et de les pendre près de ce feu généreux.

– Tenez, serveur… Brrr, quel temps ! Je me sens gelé.

– Décembre n'est guère clément, Excellence…

– Sévère, même ! Je me mets près de cette fenêtre, je guette deux frères.

– Certes, certes !

Kléber s'installa ; il s'enquit bientôt auprès du garçon :

– Qu'est-ce que le chef sert en déjeuner ?

– En entrée, deux mets : pêle-mêle de fèves, déesses des mers.

– Déesses des mers ? Qu'est-ce ?

– Heu, des crevettes.

– De bêtes crevettes ! Pêchées récemment, j'espère ?

– Censément, Excellence… Et relevées de sel de mer.

– J'en prends. Et quels mets précèdent ces entrées ?

– Cervelle…

– Berk !

– Selle de chevrette beurre d'herbes…

– Mm, peut-être…

– Quenelles de brème en crème.

– Beurre, crème… Hé, c'est que je veux déjeuner légèrement !

– Hé, hé, l'Excellence veut rester svelte. Prenez les quenelles : c'est crémeux et en même temps très léger.

– Elles me tentent. Je les prends. Seulement, que le chef me mette peu de crème.

– Que le chef mette peu de crème, je le cerne, Excellence. En dessert : bleu de Bresse, crêpes, crème renversée, pêche ?

– Pêche, pêche.

– Et dès l'entrée, je sers l'éternel thé, Excellence ?

– En effet.

Le serveur s'élança ; Kléber de Mettemberg le héla :

– Hep, serveur ! C'est pressé ! Pensez que j'espère deux frères en peu de temps !

– Je me dépêche, Excellence ! Et le chef de même !

Kléber fit un signe amical au cuisinier qui passait la tête par la porte de la cuisine.

– « Que l'*e* ! », chef ! C'est excellent, je me délecte ! Cette recette de quenelles est très recherchée !

Ils allaient échanger trois mots quand le garçon, posté à une fenêtre, poussa un cri :

– Enfer, des censeurs de verbes et de textes !... Les gueux prétendent entrer ! Que leur chef me mette en demeure de recenser les denrées que je sers, et c'est le démembrement ! Le Père éternel me préserve !… Je ne veux guère être tel le ver de terre !…

Son Excellence resta de marbre.

– Cessez de beugler, serveur. Désertez le secteur, je me dépêtre de ces benêts.

Chapitre 21

Cinq charognards firent irruption dans la salle. Le chef de brigade interpella Kléber d'un air mauvais :

– Commis aux inscriptions, aux discussions ou aux publications ! Qui a inscrit un graffiti impur au mur voisin !?

Les thèses des Frères de l'*e* circulaient maintenant parmi le peuple ; bien des murs du vieux Zdon s'ornaient de la devise rebelle. Les commis s'acharnaient à les effacer, mais un « Que l'*e* ! » recouvert par leurs soins fleurissait souvent dès le lendemain au même endroit.

Le brigadier enrageait :

– Six fois qu'on doit couvrir ici l'infamant graffiti ! Ça suffit !

– Un coup d'un Poldovar sans foi ni loi, commis ! fit l'officiant Principal.

– Ouais… J'ai la conviction qu'il a son nid par ici, l'oisillon ; ou alors, il pourrait agir à partir d'un bistrot du coin…

Le commis s'approcha de la table du seul client, comme pour renifler les restes. Il se campa devant Kléber, les pouces dans son gilet.

– Mais dis, toi, grand flandrin, fais-nous donc un rapport sur ta collation. Nous voulons tout savoir, plat par plat. D'abord, qu'as-tu bu ?

– Tout un pot d'infusion.

– Bon. Nom, composition du plat principal ?

– Poisson façon boudin, baignant dans son jus gras.

– Parfait. Avant ça, il y avait quoi ?

– Six ou huit gambas. Il y a là un rogaton…

– Voyons ? Plutôt riquiqui, la soi-disant gamba… Voilà à mon avis un rogaton qui trahit un animal moins grand d'un nom fort commun ; nom où, suivant mon calcul, apparaît par trois fois un trait proscrit… Tu sais, un mot du jargon maudit, l'anti-poldovar absolu !

– Ah oui ? Ma foi, à moi on m'a dit « gambas ». Il s'agissait à coup sûr d'un animal marin ; quant à son nom savant…

– Mouais, passons. Qu'as-tu choisi pour finir ?

– On proposait du flan ou un baba au rhum, mais ça faisait trop pour moi ; j'ai donc pris un fruit frais…

– Fruit qui a pour nom ?

– L'ananas, mon ami.

– Tu sauras qu'un vrai commis n'a pas d'ami. S'il faut, tchac, on punit jusqu'à son papa ou sa maman. Allons, ta collation s'accordait plus ou moins à la loi ; ton rapport aussi. Ça va pour aujourd'hui, nous partons. Mais nous gardons un fort soupçon quant aux « bons amis » d'ici…

Dis-toi qu'on finira un jour par avoir l'asticot qui salit nos murs ; alors là…

Dès qu'ils eurent fermé la porte derrière eux, le garçon, qui n'avait rien perdu de la scène, se précipita dans la salle.

– Excellence, mes respects déférents !… Quels nerfs, quels réflexes ! Les gueux cherchent querelle et s'en rentrent chez eux bernés ! Réellement, que l'Excellence est experte en ce jeu de réglementer ses termes !

– Peuh, c'est très bête ! Le secret, c'est de prendre le temps de s'exercer…

Chapitre 22

Sa Majesté avait décidé d'une expédition fami-
liale à la ferme royale, qui occupait un pavillon
lointain du parc. Boris Ouglouzof y voyait de
multiples avantages : se dégourdir les jambes
après toutes ces semaines à gratter du papier
dans le confinement du bureau ; faire maigrir
la reine d'une bonne centaine de grammes ; enfin,
à la fois instruire et distraire le prince Igor, spectre
pâle – et toujours bâillonné – qu'on avait

désormais bien du mal à tirer de sa prostration.

En chemin, tandis que la reine soufflait et soupirait, que monsieur Moutrin ruminait sombrement, le roi avait tenté sans succès d'égayer l'humeur de son cher fiston.

– Laquais, ici ! Fournis-moi ça… Oh, un ballon ! Qui voudrait du joli ballon ? Toi, Igor ? Hop, voilà papa lançant son ballon à Igor ! Ah, mais Igor n'a pas pu l'avoir au vol ! Tant pis, courons sus au ballon roulant là-bas ! Allons, cours, Igor, cours, sinon papa va l'avoir avant toi ! Non ? Igor n'a pas la passion du ballon ? Alors… il voudrait voir du pays à califourchon sur mon dos ? À dada, Igor, à dada sur papa, hi-hiiii, nous irons au galop ! Non plus ? Bon, bon, mon fils, faisons donc joujou plus tard… Toi, laquais, ahuri, cours sus au ballon, il va choir au lac !… Ah ça, mais… Gründal, qui a dit qu'on s'autorisait la station sur un banc !? Quoi, parcourir vingt pas tout au plus vous paraît donc si harassant !?

– Mörd, dit seulement la reine en regardant devant elle.

Aidée par deux dames, elle se leva pour reprendre son cheminement à la traîne de l'équipée. Un peu plus à l'avant, monsieur Moutrin s'ébroua ; il allongea le pas et rejoignit le roi.

– Mon roi, profitons du tour pour discourir à bâtons rompus. J'irai droit au but : j'ai du souci…

– Pour mon fiston ? Moi aussi, Moutrin. Nous trouvons Igor chagrin, maladif, pâlichon… Si on lui ôtait son bâillon ? J'aimais tant, jadis, quand il riait ou gazouillait…

– Vos laquais sont tout autour, mon roi ; il nous faudrait punir Igor pour un mot fatal. Quant au fait qu'il soit un soupçon pâlichon ? Bah, un flux plus ou moins bas du sang : la lunaison agit sur la circulation. Mais pour moi, mon roi, voilà qu'au souci d'Igor s'adjoint un tracas – pour sûr moins important – qui a rapport aux Poldovars. On sait par nos commis qu'ils ont grand mal à bannir tout transcrit du logis ; il y a toujours trois mots impurs inscrits ici ou là. Or, lundi à minuit, aux dix-plus-trois-moins-un coups du carillon, nous arrivons à la fin du sursis. Mon roi, soyons

humains : accordons un sursis plus long ; disons…
dix, vingt jours !

– La prolongation du sursis ? Voyons, Moutrin,
on l'a fait par trois fois ! Nous n'allons pas agir
ainsi jusqu'à l'an prochain ! Bon, avouons qu'un
surplus tombait jusqu'ici à propos pour nos traductions à nous ; mais nous avons fini, sapristi !
N'avons-nous pas mis mardi soir un point final
au *Grand Manuscrit du conflit* ? Non, Moutrin,
tant pis pour nos Poldovars s'ils sont lambins ou
oisifs !

– Alors ils finiront tous manchots ; condition
qui n'a jamais conduit un individu à plus d'allant
ou d'action.

Le roi nota la sécheresse inhabituelle du ton.
Il fronça les sourcils et considéra sévèrement
son officiant. Il lâcha enfin :

– Moutrin, lunaison ou non, nous vous trouvons tout aussi pâlichon qu'Igor ; pourtant, vos
propos font foi d'un sang plutôt vif.

– J'aurais paru trop vif ? Pardon, mon roi, pardon… J'ai un travail fou, voilà tout !

– Ah oui ? Au fait, quant au transcrit savant pondu par vos soins… nous n'avons pas lu sa traduction ! Car nous n'imaginons pas un instant qu'il soit toujours sous son tour impur…

– Quoi ? Mais, hum, allons, j'ai fini sa transcription voilà plus d'un mois !

– Bravo ! Nous la lirons donc sous un tour latin ou poldovar ?

– Latin, poldovar, ainsi qu'on voudra ! *Ô Natura* pour un savant, *À propos du vivant* pour l'ignorant.

– Moutrin, nous voulons avoir lundi avant minuit *Ô Natura* sous nos lorgnons – laissons s'il vous plaît aux ignorants la traduction pour ignorants. Oui, lundi au salon du travail. Nous aurons pour l'occasion un consultant choisi : l'officiant Principal. On dit l'individu fort adroit aux traductions ; au point qu'il a conçu lui aussi un jargon savant, dont il nous instruira… Mais nous arrivons au pavillon animal ! Igor, nous allons voir ton grand ami cochon !

Monsieur Moutrin s'était figé ; il clignait des

yeux sans mot dire ; puis il se mit à gesticuler, bondissant des uns aux autres.

– Igor, son cochon, oui ! Mais avant, nous passons par l'abri du mouton ! Bouchons-nous l'audition, sinon l'animal impur va nous pourrir la raison par son cri !...

BÔÔÔH !

Chapitre 23

Monseigneur Kunst et le duc d'Appenzdoff arrivèrent ensemble à l'auberge des Bons Amis. Le garçon ferma la porte à double tour puis tira les lourds rideaux aux fenêtres. Kléber et l'évêque se saluèrent dignement, tandis que le duc souffla de vibrants « Que l'*e* ! » en pressant la main de l'officiant Principal avec insistance. Les conjurés s'installèrent au fond de la salle, dans l'encoignure de la cheminée. Les flammes toutes proches, seul véritable éclairage de l'endroit, jetaient au mur l'ombre fantomatique et dansante de Kléber de Mettemberg ; celui-ci, très maître de lui, ouvrit les débats par un constat sans concessions :

FRÈRE KLÉBER

Le temps presse, mes frères : ne restent que quelques heures – trente, je pense – et les censeurs de textes peuvent entrer chez les gens. Le démembrement guette le peuple.

L'ÉVÊQUE

Les dés semblent jetés, en effet...

FRÈRE RENÉ

Seulement trente heures !? Peste, c'est désespérément peu !... J'espère que mes femmes – j'entends femme, jeunettes et belle-mère – renversent les meubles et recherchent leurs lettres tendres ! Les femmes... Que de légèreté chez elles ! Et en même temps quel entêtement ! Tenez, cette belle-mère : elle m'énerve, elle

m'énerve ! Elle est tellement revêche, querel-
leuse… Et menteuse ! Pensez que…

FRÈRE KLÉBER *(sec)*

René, ce n'est guère l'heure de recenser les
embêtements que génèrent les femmes. Que tenter envers le régent et en quel temps : c'est présentement ce que je veux cerner.

FRÈRE RENÉ *(vexé)*

Est-ce bête de se creuser éternellement le cer-
velet… Que tenter ? L'émeute, certes ! C'est le
précepte de l'Excellence elle-même !

L'ÉVÊQUE

De répéter « l'émeute, l'émeute ! » ne règle
guère le démêlé, ce me semble. Que tenter, mes
frères ? Le geste déclencheur de l'émeute, ce geste
de meneur qu'espère le peuple.

FRÈRE KLÉBER *(perplexe)*

Le sens de ces termes est quelque peu

ténébreux… Quel geste, expressément ?

L'ÉVÊQUE *(pénétré)*

Le meurtre – j'entends : le meurtre de ce dément de régent.

FRÈRE RENÉ *(véhément)*

Eh, certes ! Que le régent décède, c'est le seul remède ! Pendez-le, ce fêlé ! Éventrez-le, dépecez-le et jetez ses restes en mer !

FRÈRE KLÉBER *(vertement)*

Cessez, René, je déteste ces excès ! C'est pécher envers l'Éternel. Le meurtre ? Telle sentence est en effet extrêmement sensée. Seulement, quel frère prétend le perpétrer, ce meurtre ? Le frère évêque ?

L'ÉVÊQUE *(gêné)*

C'est que… je représente le clergé. Je ne peux décemment lever l'épée et fendre en deux le pécheur…

Frère Kléber

Frère René, quelque empêchement de ce genre ?

Frère René (*embêté*)

Heum, je regrette, Kléber, je me mets en réserve. Père de sept jeunets, je ne peux me permettre de décéder bêtement.

Frère Kléber (*rêveur*)

Bref, l'évêque et René s'en exemptent... Trêve de perte de temps : je me sens prêt, mes frères. Que l'épée des Mettemberg venge le peuple !

L'évêque et frère René (*en bel ensemble*)

Très cher Kléber !...

Frère Kléber

Seule requête : dès le règne renversé, je prends le sceptre. Je veux être empereur.

L'ÉVÊQUE *(dressé)*

Kléber de Mettemberg empereur ? Je rêve de célébrer cette messe !...

FRÈRE RENÉ *(dressé de même, vers le serveur)*

Serveur, des verres, prestement ! Je veux fêter cet événement de légende : Kléber est presque empereur !

Chapitre 24

Par-dessus le bureau, le roi dévisageait son visiteur avec stupeur.

– Quoi !? Mais quand l'as-tu appris ?

– Aujourd'hui lundi, mon roi, au matin tôt.

– Non, nous n'y croyons pas… Pas lui, voyons !…

– Pourtant si, mon roi… J'ai aussitôt couru partout au palais pour avoir confirmation du fait : tous vos laquais sont au courant ; un postillon l'a aussi garanti. Chacun dit qu'il a ourdi son plan durant la nuit, ainsi qu'un rat... Qui aurait cru ça ? Lui qui avait l'air si droit, si strict ! Lui, un administrant principal du pouvoir !

– Maudit Judas ! Il nous a donc trahis ! On nourrissait, on choyait l'ingrat, tandis qu'il pointait son poignard dans mon dos... Tout paraît clair aujourd'hui. Ah, vil scorpion, tu auras ta punition, va... Sprotch, nous t'aplatirons sous nos talons ! Mais d'abord, saisissons-nous du bandit : sonnons du clairon, attroupons la garnison, lançons sur lui tous nos hussards !

– Trop tard, mon roi, trop tard... Hussards, fantassins, commis, tous sont impuissants dans la situation.

Boris III serra les poings ; ses traits étaient déformés par la rage ; une plainte lancinante s'échappa de ses lèvres :

– Trahison, trahison !...

Il s'interrompit net ; on venait de toquer à la porte ; du couloir, le laquais annonça :

– L'officiant Principal, mon roi !

Après un bref silence, le roi laissa tomber :

– L'officiant Principal ? Ma foi, il surgit fort à propos…

Sa Majesté congédia sans formalités son interlocuteur.

– Sors.

– Mon roi, quant au Judas…

– Sors à l'instant, vilain ! Nous, Boris III, nous avons un travail important à finir.

Il retourna quelques feuillets sur son bureau, puis empoigna ce qu'il cherchait : le stylet qui lui servait à aiguiser sa plume.

– Laquais, introduis donc l'officiant Principal !

Chapitre 25

Quand Kléber de Mettemberg entra, Sa Majesté était sagement assise à son bureau. Elle s'était déjà lancée dans un travail d'écriture qui semblait lui réclamer beaucoup d'application ; aussi ne prit-elle pas tout de suite conscience de ce fait plutôt étonnant : le Premier ministre avait pour l'occasion revêtu son grand habit d'apparat, pourpoint de brocart, épaulettes, fourragère et, comme il se doit, le long fourreau de l'épée au côté.

L'officiant Principal vint se planter devant le bureau, dominant l'Ouglouzof ; il avait la main au ceinturon, près du pommeau de l'épée ; la raideur de sa pose contrastait avec sa grande agitation intérieure.

« Dès que le gueux se lève, je le perce et le dépêche en enfer. Père céleste, menez cette épée !… »

Le roi cessa d'écrire. Il relut rapidement les quelques phrases du feuillet, puis, tirant la langue, arrondit sa signature démesurée au bas du texte. Il posa la plume et leva enfin les yeux sur Kléber ; il eut alors un sourire un peu triste.

– L'habit d'apparat ? Pourquoi pas… Nous vivons un lundi tout à fait hors du commun.

Boris III se leva. L'officiant frémit.

« C'est l'heure !… Serre les dents, Kléber ! Le geste ferme ! Les nerfs de fer ! Centre le ventre ! »

Mais le roi s'éloignait ; il marcha jusqu'à la fenêtre et appuya son front au carreau ; il tournait le dos à son ministre.

« Peste ! Je ne peux le crever tel quel, en l'envers !

Ce n'est guère de règle chez les Mettemberg ! »

– Mon ami, dit l'Ouglouzof, nous vous annonçons tout droit un fait navrant : voilà qu'on nous a trahis.

« Qu'entends-je !? Le secret est éventé !… »

– Oui, trahis ; nous avions parmi nous un Judas…

« De même chez les Frères de l'*e* ! Quelque déserteur s'est empressé de me vendre. Le régent s'en lèche les lèvres. Que ce pervers hèle vers l'entrée, et ses gens entrent et me prennent… Le gueux veut me pendre. Très cher, ce n'est guère le genre de Kléber de Mettemberg : je préfère nettement décéder l'épée levée, défendre chèrement les préceptes de mes pères et respecter le serment de l'*e*. »

– … lui sur qui on s'appuyait jusqu'ici, à qui on avait transmis nos pouvoirs…

« Père éternel, en cette heure extrême, clémence envers mes errements terrestres ! Préservez mes tendres Hélène, Thérèse et Edmée ! »

– … il apparaît aujourd'hui sous son vrai jour :

un brigand, un scorpion qui armait son dard, calculant son coup pour nous assaillir au dos.

« Crève-le et meurs, Kléber ! »

Le roi se retourna d'un bloc.

– *Kléber, je me rends…*

« … !? Qu'a-t-il dit !? Son poldovar !… »

Boris III s'était tu. Il observait l'effet de ses derniers mots sur l'officiant Principal. Il avait toujours aux lèvres ce sourire désabusé.

– Non, reprit-il, ce n'est pas un lapsus, et ce n'est plus, d'ailleurs, une infraction. Voyez ce feuillet sur le bureau : je viens de signer l'abrogation de la loi ; on peut désormais employer l'*e* comme avant. Donc, disais-je, je me rends à l'évidence : j'ai été pour cette loi – et en bien d'autres choses – fort mal conseillé. Moutrin, son inspirateur, a tombé le masque. Sachez que ce monsieur imbu de son savoir était une outre pleine de vent. Elle s'est dégonflée cette nuit. Mis en demeure de me présenter la traduction de son ouvrage savant, il s'est défaussé ; plus que son incapacité, il a montré là en quelle considération il tenait ses propres principes et, en conséquence, la futilité de ceux-ci.

Sa Majesté regardait de nouveau par la fenêtre.

– Ainsi, Moutrin a fui. C'est le commis que vous avez croisé en entrant qui me l'a annoncé. Son chef ayant manqué le rendez-vous rituel du lundi matin, l'homme a mené son enquête au palais, pour apprendre que monsieur Moutrin s'était envolé en voiture au milieu de la nuit, avec livres et bagages. À cette heure, il doit être loin ; peut-être déjà hors du pays… Dire que j'ai fait subir au Poldovo l'influence d'un tel gredin ! Quelle erreur !…

Kléber de Mettemberg crispa sa main sur la poignée de l'épée.

« Quelle erreur ? Entendez-le, cet écervelé ! Se fendre de quelques regrets, verser deux pleurs, c'est peu de dépense ! Qu'en pensent les démembrés ? Crève-le, Kléber, crève-le et prends le sceptre ! »

– Pis encore : et moi qui lui avais confié l'éducation d'Igor ! Fallait-il s'étonner que le pauvre amour dépérisse ? Saviez-vous, Kléber, qu'il le faisait bâillonner ? Allait-il bientôt lui bander les yeux et lui boucher les oreilles ?

« Kléber, lève cette épée, ventrebleu !... Est-ce l'heure de trembler !? »

– Folie, folie !

Le roi essuya une larme de la manche, soupira, puis se dirigea brusquement vers son bureau.

« L'épée !... »

– Monsieur le Premier ministre, notre fidèle Kléber, nous, Boris III, avons à cœur de réparer les méfaits du nuisible Moutrin. Voici un décret signé de notre main qui annule l'absurde loi concernant l'*e*. Vous veillerez à le faire connaître au plus tôt à la population. Comme un de ses articles dissout les brigades de commis – qui reprennent dès ce jour leurs attributions à la police de la paix civile –, faites donc proclamer le texte par nos soldats.

Sa Majesté tendait le feuillet.

« Je ne peux le percer. Je m'en sens secrètement empêché. Ce ne peut être que le Père éternel. »

– Eh bien, Kléber, vous le prenez ? s'impatientait le roi.

Kléber avança la main.

« Être empereur : rêve éphémère… »

Il saisit le feuillet en s'inclinant.

Épilogue

– Laquais, encore un cruchon de chocolat !
commanda la reine Gründal.

Le roi et son cher fiston étaient eux aussi atta-
blés ; mais, contrairement à la reine, ils avaient
fini de goûter. Sa Majesté Boris profitait du
moment pour donner une leçon de calcul au
prince. Il alignait pour ce faire des boulettes de
mie de pain sur la nappe.

– Tu vois, Igor, je rajoute une, deux boulettes,

et j'obtiens : une, deux, trois, quatre, cinq, six, sept, huit, neuf, dix boulettes ! Huit plus deux font dix. Regarde, tu peux aussi t'aider en comptant sur tes doigts. Il y a là nos dix chiffres. Le bon Dieu a tout prévu !

Igor retrouvait des couleurs et de l'appétit depuis qu'on lui avait ôté son bâillon. Après une courte période de méfiance, il jouait de nouveau avec son père en faisant preuve du même entrain qu'avant. Il participait également de bon gré aux leçons que lui inculquait désormais royal papa en personne.

En l'occurrence, il mimait le geste de son père, écartant ses dix doigts et les comptant mentalement. Il finit par soulever un problème :

– Papa, où c'est qu'il est, le doigt numéro zéro ?

– Le doigt zéro ? Drôle de question, mon fils ! Il n'y a pas de doigt zéro. Nous avons dix doigts, et puis voilà.

Igor insista :

– Pourtant, monsieur Moutrin, il disait qu'en plus des dix chiffres, il y avait le zéro !

– Oui, c'est vrai, c'est vrai, il y a aussi le zéro. Mais, comment dire, ce n'est pas un chiffre comme les autres. Par exemple, deux plus zéro font toujours deux. Le zéro, c'est le chiffre du rien, tu comprends ?

Le prince regarda encore ses mains ouvertes, puis déclara :

– Alors il sert à rien, le zéro !

Boris III ne répondit pas. Il se toucha machinalement le nez en fronçant les sourcils. La réflexion de son fils résonnait en lui. Au fond, à quoi servait le zéro ?

TABLE DES MATIÈRES

Gilles Barraqué

Sans o : né en 1957 à Paris.

Sans u : diplômé des Arts Déco, section cinéma/animation.

Sans w : musicien professionnel de jazz (banjo et chant) de 1984 à 1990.

Sans blague : de 1990 à 2005, partage son temps entre l'écriture (surtout en littérature jeunesse) et le travail de la terre dans les Landes (kiwis et maïs).

Sans transition : depuis 2005, auteur et lecteur professionnel pour l'édition jeunesse.

Sans doute : trop tard, hélas, pour devenir cosmonaute.

Sans rapport : incollable ou presque sur les oiseaux.

Sans ça : a écrit des pièces radiophoniques, et une quinzaine de publications jeunesse, adaptations, albums, nouvelles, romans, dont le dernier, *Mon copain squelette* (Gallimard Jeunesse, 2005).

Note de l'auteur aux exégètes :

Dans les discours à l'*e*, je me suis autorisé l'emploi du *u* muet (par exemple dans « que »), et du même *u* dès lors qu'associé à *e* il forme les sons [œ] (beurre, peur…), ou [ø] (peu, feu…). Une légère entorse au strict régime à l'*e*, justifiée comme suit :

– Ça étoffe quand même pas mal le lexique.

– Je fais encore ce que je veux, non mais !

Catherine Meurisse

Vingt-six ans tout frais, Catharina a pour passion son job, l'illustration. Gloutonnant moult bouquins, pas bougon pour un sou, Catharina s'attaqua au manuscrit du contrariant roi Boris, cousin d'Ubu. Son choix : l'humour !

N° d'éditeur : 10193544

Imprimé en France. - JOUVE, 1, rue du Docteur Sauvé, 53100 MAYENNE
N° 2036971N. - Dépôt légal : Janvier 2013